AF343233

J. Claye, Imprimeur
S. Benoit, 7, à Paris

Vente du Mardi 14 Mai 1872
SALLE N° 3

TRÈS-BELLES
TAPISSERIES
ANCIENNES

Dont une aux Armes de Charles Ier, roi d'Angleterre
Une autre d'après TÉNIERS
Et quatre, SCÈNES ORIENTALES, signées SAUNDERS

STATUETTES ET BUSTES EN MARBRE
OBJETS D'AMEUBLEMENT
PORCELAINES DE SAXE

EXPOSITIONS

PARTICULIÈRE	PUBLIQUE
Le Dimanche 12 Mai 1872	Le Lundi 13 Mai 1872

M* CHARLES OUDART, COMMISSAIRE-PRISEUR
M. ÉMILE BARRE, EXPERT

CONDITIONS DE LA VENTE

Elle sera faite au comptant.

Les acquéreurs payeront, en sus de leur prix d'adjudication, *cinq centimes par franc*, applicables aux frais.

Le Catalogue n'est fait qu'à titre de renseignement; les énonciations qu'il renferme ne peuvent jamais être considérées comme des garanties.

L'Exposition mettant les adjudicataires à même de se rendre compte de la nature et de l'état des objets, il ne sera admis aucune réclamation une fois l'adjudication prononcée.

CATALOGUE

DE

TRÈS-BELLES

TAPISSERIES

ANCIENNES

DONT UNE AUX ARMES DE CHARLES Ier, ROI D'ANGLETERRE
UNE AUTRE D'APRÈS TENIERS, ET QUATRE, SCÈNES ORIENTALES, SIGNÉES DE SAUNDERS

STATUES ET BUSTES EN MARBRE

Dont deux charmantes Statuettes d'enfants portant des vases

TERRES CUITES PAR M. CARRIER-BELLEUZE

MEUBLES

TRÈS-BEAU LIT EN NOYER SCULPTÉ DE LA RENAISSANCE ITALIENNE
CABINET ITALIEN DE LA RENAISSANCE, ORNÉ DE PIERRES DURES
VITRINE, ENTRE-DEUX, COMMODES
ENCOIGNURES, GAÎNES DES ÉPOQUES LOUIS XIV
LOUIS XV ET LOUIS XVI
MEUBLES ITALIENS EN ÉBÈNE INCRUSTÉ D'IVOIRE

PORCELAINES DE SAXE

TRÈS-BEAU SERVICE COMPLET, GROUPES ET STATUETTES
SERVICE EN VERMEIL REPOUSSÉ
PARURE EN MOSAÏQUE, OBJETS DIVERS

DONT LA VENTE AURA LIEU

HOTEL DROUOT, SALLE Nº 3

Le Mardi 14 Mai 1872

A 2 HEURES 1/2

PAR LE MINISTÈRE DE Mᵉ **CHARLES OUDART**, COMMISSAIRE-PRISEUR
31, rue Le Peletier

ASSISTÉ DE M. **ÉMILE BARRE**, EXPERT
20, Chaussée-d'Antin

Chez lesquels se délivre le présent Catalogue

EXPOSITIONS

PARTICULIÈRE	PUBLIQUE
Le Dimanche 12 Mai 1872	Le Lundi 13 Mai 1872

DÉSIGNATION

TAPISSERIES

1. — Très-belle et riche tapisserie des Gobelins, lamée d'or et d'argent, *aux armes de Charles Ier, prince de Galles*, représentant un sujet mythologique d'après un des cartons de Raphaël. La bordure est formée par des figures et des arabesques et contient à droite et à gauche un cartouche dans lequel se trouvent deux C entrelacés, surmontés de la couronne royale d'Angleterre.

    Pièce historique d'un grand intérêt et d'une parfaite conservation.

2. — Grande et belle tapisserie, représentant un magnifique paysage, avec figures et animaux, *d'après Téniers.*

3. — Suite de quatre charmantes tapisseries, pouvant former une décoration complète de salon et représentant quatre *Scènes orientales.*

    Ces quatre tapisseries sont signées de *Saunders.*

MARBRES, TERRES CUITES

4. — Très-jolie statuette en marbre blanc, représentant *un Enfant tenant un vase sur son épaule droite.*

5. — Autre statuette en marbre blanc, représentant *un Enfant tenant un vase sur son épaule gauche.*

> Ces deux charmantes pièces, d'une exécution très-soignée, forment pendants et peuvent être disposées en candélabres.

6. — *Bacchant*, buste en marbre blanc.

7. — *Bacchante*, buste en marbre blanc.

> Ces deux petits bustes forment pendants.

8. — *Le Printemps*, buste en terre cuite, par M. CARRIER-BELLEUZE.

9. — *L'Été*, buste en terre cuite, par M. CARRIER-BELLEUZE.

10. — Groupe en terre cuite, par le même artiste.

11. — Deux belles gaines en marbre de couleur.

MEUBLES

12. — Très-riche lit de la Renaissance italienne, en noyer sculpté, rehaussé d'or. Il est orné de mascarons et de figures, avec colonnes torses. — Baldaquin semblable.

13. — Belle encoignure Louis XV, en bois de rose, ornée de riches bronzes dorés et très-finement ciselés, — *elle porte la signature de Delorme.*

14. — Cabinet italien de la Renaissance, à deux vantaux, avec pieds tors. L'intérieur du cabinet, garni de tiroirs, est orné de pierres dures et de lapis-lazuli, et de trois statuettes en bronze doré.

15. — Grande et belle vitrine Louis XIV, en bois de violette, ornée de bronzes dorés.

16. — Charmant petit bureau, style Louis XV, en bois de rose marqueté, garni de bronzes.

17. — Joli petit meuble d'entre-deux, Louis XVI, en marqueterie de bois, orné de bronzes, avec dessus en marbre brèche d'Alep.

18. — Beau meuble d'appui, style Louis XVI, en
marqueterie de bois, orné de bronzes très-
finement ciselés, avec dessus en marbre
blanc.

19. — Commode Louis XIV, en poirier noirci, orné
de filets de cuivre et de bronzes dorés.

20. — Commode Louis XVI, en bois de rose orné de
marqueterie, représentant des vases et des
bouquets de fleurs.

21. — Grande et belle glace Louis XV, en bois sculpté
et doré.

22. — Petite table, époque Louis XIII, en marqueterie d'écaille, de nacre et de cuivre, avec
médaillon représentant un sujet d'après
Téniers.

23. — Six chaises, époque Louis XIII, même travail,
couvertes en cuir de Cordoue.

24. — Très-jolie petite table à damier, époque
Louis XIII, en ébène incrusté d'ivoire et de
nacre.

25. — Deux gaînes cannelées, en acajou, ornées de
bronzes dorés.

26. — Grande et belle vitrine italienne, formant bureau, en ébène incrusté d'ivoire gravé.

27. — Très-belle table, même travail, avec médaillon au centre, représentant une scène d'amours.

28. — Jolie petite vitrine, avec dessus formant étagère, en ébène incrusté d'ivoire gravé, avec ornements en ivoire, en relief.

29. — Six très-belles chaises, même travail, avec parties sculptées.

30. — Glace avec cadre de Boule, en marqueterie de cuivre sur fond d'écaille noire.

PORCELAINES DE SAXE

ET AUTRES

31. — Très-beau service complet à thé et à café, en *vieux saxe*, de la plus belle qualité, décor de personnages, dans son écrin.

32. — Grand et beau groupe, en *vieux saxe*, représentant un sujet allégorique.

33. — *Seigneur en costume Louis XV*, statuette en *vieux saxe*.

34. — *Dame en bergère*, statuette en *vieux saxe*.

35. — Pied en *vieux saxe*, formé par des amours.

36. — *Musicienne*, statuette en *vieux saxe*.

37. — *Danseur*, statuette en *vieux saxe*.

38. — *Le Concert*, groupe en *vieux saxe*.

39. — *La Toilette de l'Amour*, groupe en *vieux saxe*.

40. — Deux statuettes en *porcelaine blanche de Saxe*.

41. — *La Jeune Fille à l'oiseau*, statuette en *vieux mayence*.

42. — *Les Petits Danseurs*, groupe en *vieux chelsea*.

43. — *Chasseur* et *Chasseresse*, deux statuettes en *chelsea*.

44. — Autre statuette en *chelsea*.

45. — Très-beau plat en *porcelaine de Chine*, famille verte sur pied en bois de fer.

46. — Deux plats en *vieux japon*.

BRONZES

47. — Très-belle garniture de cheminée, composée d'une pendule à cadran tournant et de deux lampes, formée par trois vases en *ancienne porcelaine de Chine*, fond bleu, avec décor de fleurs émaillées, richement montés en bronze doré et ciselé.

48. — Petite pendule Louis XV, en bois des îles, ornée de bronzes, avec son socle.

49. — Petite pendule Louis XVI, en bronze doré, formée par un amour assis.

50. — Très-beau vase en vieux bronze Tonkin, damasquiné d'argent et finement ciselé, avec son socle en bois de fer.

51. — Très-joli petit vase en bronze Tonkin, formé par des branchages.

52. — Autre petit vase en bronze Tonkin, incrusté d'or.

OBJETS DIVERS

53. — Très-beau service en vermeil repoussé, style
   Louis XIII, composé d'un plateau, d'une
   cafetière, d'un sucrier et d'un pot à lait.

54. — Très-jolie parure en mosaïque de Rome,
   montée en or, composée d'un collier, d'une
   broche et d'une paire de boucles d'oreilles.

55. — Sous ce numéro divers bons objets non cata-
   logués.

RED. :

22

graphicom

0 1 2 3 4 5 6 7 8 9 10